翻開影子

游鍫良散文詩集

游鍫良 著

新世紀美學 出版

天晴了

風低著頭走過榕樹，沿著形而下回到門前，拿起鑰匙無法將心打開，風迴旋廊間，雨簌簌的從東南的海上趕來，心卡得更緊。幾隻麻雀停佇屋簷與風對望，風拍拍麻雀的肩膀，就等雨停，找那工匠便是。

小花草有的仰游，一些已經潛泳，太平洋低氣壓固執的滯留，天空換過幾件衣裳，依舊不滿意強大的氣流。風矮了一截蹲在牆角默禱。

濛濛中驚醒，雨已經上了膝蓋，小花草無一倖免「淹沒江湖」，心還懸盪著，一個有家歸不得的惆悵。七月的詩很潮濕，意識裡的拼貼成為抽象象徵，風回過頭，麻雀飛走。

※附記

散文詩是我喜愛的文體，簡潔的篇章，驚覺的寓意。社會速食，長詩讀的人少了，這樣的文化需要有這種飲食滋潤。這本散文詩集的內文大部分以完整的散文詩展現，也有散文體及詩體寫法的故意比對，讓讀者能更明瞭清晰的分辨出來。

散文詩的文體爭論不休，各有見解。我個人有幾點淺說：

1 分段不分行〈但每寫完一段後必須空一行，以便區分長詩句或其它〉

2 散文是主體，詩是主軸。詩的意圖要侵略散文。

3 要有故事或戲劇效果來延展。

4 虛實交錯應用

5 文字避免生澀。
6 要給讀者有想像空間。
7 多元的書寫是散文詩的基本概念。

從經歷中攝取經驗的累積養分，待經驗成熟，就必須依思想繕寫，文字才能精彩動人。

目次

翻開影子
游鍫良散文詩集

目次

翻開影子

游鍪良散文詩集

現代詩選

翻開影子

翻開影子

散文詩

一語驚醒夢中人

昨晚夢裡，我偷偷跑進資源回收場，詢問有沒有要回收大型廢棄物。老闆看了看說：「文字一噸三十元，靈魂一只三元，嘴吧最便宜，一百對才有一毛錢。」

晨間被整夜的尿液激醒，馬桶水聲持續顫抖。從此我更懂得話少不如話好，濛濛中猶記老闆說：「噴口水與打嘴砲的嘴，不收。」

雲在溪河流浪

廣場逐漸匯集漂流木，他們的口腔種出哀怨，連同泡沫也發出惡臭的氣。

水波划過潛藏的蜉蝣，鏈條縮成一排牙齒，無意間吞嚥的血液，有蟲騷擾，放蕩一些教條。

他們喜歡在集中營吶喊傳唱，一首又一首的噩運，直到夜被黎明唱破之前，所有的風都很冷靜。

奇怪的疾病

補習班讀取你要的面子與期盼，在腰際間桶下第一刀，家長高興地將血捧上交付。在人來車往的日子裡，背叛的褒義詞在同儕之間相互擴散，那是一面光榮的戰旗。那群搜尋文字的苦命人，騎著機車飆過青年的夢。

花下幾百萬打造一場彼此疲累的日子，手機、水電、住宿，食衣行的費用，還有「交際應酬」一個月要花兩萬，機車載著妹再次飆過學校的課程。研究的項目沒有一科是英雄聯盟，苦命的學子夜以繼日地開打，課堂上是打盹的好地方。

一個月兩萬多的薪水，嚴重的刺傷這群高標的幻想者，他們從來不知甚麼叫「看人頭面」，溫室的曇花以急速的考慮放棄一份工作。

家的溫暖從延畢後開始降溫，父子不再交談，母女失去親切，這十幾年來，父母與子女的血一直在流瀉，責任是誰？問題在哪兒？

期望像浸泡一晚的尿液，夢醒終究灑出沖掉。

修復

已經忘了故鄉的味道，田還會看天、花有瓣嗎?·鳥是否會開口說話，故鄉是座危樓。

密室都是檔案，有風死在潮濕裡。翻閱發黃的曾經，偶爾正經也癡笑，寬闊的宇宙，我們不曾摩擦。

汗，洗去一身疲憊，身影留給燈光，毛細孔吞噬整晚的幻想，眼睛活著。

翻開影子

對街有條影子始終走不出來，它放著過期的情書和一捆記憶。夕陽經常問我這樣的情節是否像電影，我望著即將升起的月亮，想不出答案。

昨夜夢裡我潛入對街，伸手打開，黝暗的甬道，散發一股奇異；我無比興奮，扶著牆走入。

今晨怪手將影子剷平，導演找不到劇本。對街的石礫上堆放許多磚塊，架疊一本本的紅樓夢。

如何解構意圖

腳下有沙搔癢，離家的想念燃起，跫音縈繞雙耳，彈不出積層的汙垢。陰霾逼迫瞇著眼，弄不清未來，從沾黏的手滾過荒漫駝鈴，圈旋呼嘯是孤寂的呢喃。

家被彎斜刀鞘渲染成一張張汙血，隨狂風吞噬撕去僅存傷痕。匆忙時間不肯歇息，輾轉的雲吹向更遠，骨頭背不起慘痛。

旨意帶著祭品考察，各路神明談論如何防備以及懲罰所謂的壞人；卻發現壞人的供品還真不少。

照見自己

早上的胃口被意念分解，買的三明治擱在辦公桌上，豆漿明顯冒出了汗。意識無法集中，闌珊走到廁所，鏡子做了假設，遺棄大腦就能慢慢成為神鬼傳說，手腳陪同搖晃進入迴旋。

有人敲門，驚醒後，整理好臉上表情走出。擦肩而過的是飽滿氣息，有著精神把握；通透的玻璃看著我將食物迅速的咀嚼落喉。

有時它很兇

風有翅膀，肉眼難以察覺。雙眼只會看到悲歡離合，嘻笑怒罵；用眼睛說話的人不外乎淫穢或姦盜。我時常看見自己的妖蟲蠢動，是缺乏溫飽與金錢的解釋。

伸手的風掉落一地的雲，輕得連葉都不曾聞移。六月有一場病，風都沒出門；我按下冷氣誘引，只有熱熱的牆壁在喘息。

現實與事實

將自己塗裝成一件藝術品，古銅色的雕像站立公園；為了幾個能溫飽的臭銅板。

陽光與人群搧不起我的笑容，冷熱的刺激已不是掣肘。掀開月光的影，我逐漸清醒；這樣的夜可以赤裸不戴面具。

我掏出腸與胃，才體悟他們的需求。

我終究會一無所有

所有影子坐定，蠟燭點亮在蛋糕的中央；我切開，每顆草莓都是一粒眼睛，興奮的裝進盤裡，一個個遞給從前。

燈打開，只剩一條孤影，緊貼牆上；微光搖晃，我的影也漸漸失去未來的詩句。你不須讀懂，我早就遺失。

肋骨的秘密

傘，闔著我全身的肋骨，在雨天撐開你的淚，在太陽下與之告白。
肋骨傳說著蘋果的滋味，沒有青蛙的聒噪，浪漫咬出那條青澀的蟲。

風穿過肋骨，畫下注記，並寫著歲月；墳頭上也有幾根肋骨，只有
清明才會繞著香煙慢跑，後來就剩荒草陪伴。

我拿出母親的照片，放映機慢慢浮現記憶，額頭的凹痕竟也有幾根
肋骨，都深藏在我的身體。

真實之外

眼睛的走廊很深很長，沿路瞧見自己的疼痛與嘻笑，從不同年齡的夢築起，然後場陷，再建構一場奢望的夢又崩毀。夢無法回溯純真，真實已經死亡。

眼睛的病變不輸腦葉的捉弄，雲躺在身旁斜睨堆雪，我癡笑，笑著眼前的真實，每一寸動作宛如從前；已經都不真實，除非我駕起雲飛。

翻個身，讓夢轉進

鬆垮的鏡子，盯著一臉蕭瑟，空氣老化，屋簷的腳步踢著正步，飛不出影像。

黑膠唱片還在固定的輪迴跳針，微斜的風吹落捲旋枯葉，漂浮又遠去。幾封困頓的「想當年」還有自我涉入的心理增加意象的精采，而一身的病痛倒是無法轉回青春。

習慣喝杯小酒後，攤開筆墨獨唱崑曲，寫下縱橫天下的詩句，然後託以青鳥幾滴眼淚，揮揮手。

模仿

青蛙瞬間擒黏昆蟲蠕動，青草與葉片守住人們的腳步前進，用泥濘沼澤的溼地，灌滿月的眼瞳。

圍牆內香氣撲鼻，酒精談論該如何給樹梢的影子描寫一段風騷或者用木炭轉紅的怒氣燒去一肚子的肥油。

牆外有青蛙聒聒，桌上幾盤佳餚跌落溝渠與酒氣對撞，翻拷的影子模仿喝醉的腳步，右手拉下月亮的眼眸。

蔭詩

如果地球還有風，那假借又弔詭的策略一定是在謀殺你的皮膚甚至龜裂的香港腳。傳說彼時的地球人是用鼻嘴呼吸的，喔～多麼不可思議；嘴是甚麼媒介物，而鼻呢？別說了，實在弄不懂。

聽說他們喜歡寫詩也喜歡批鬥別人，詩又是甚麼，一群好鬥又固執的低層病球。我們開始挖掘傳說的過去，斷層中傳來詩臭味，原來他是一種所謂的炭疽病，千層派裡擠滿多餘的口水。

風逐漸裂解皮膚，惡夢重生。

我患下最嚴重的錯

也許該掏出心，徹底洗回單純；外面空氣汙染，造就器官受損，紅塵的自私，破壞地球的厚德，心悸異常。我應該在每家大門裝一個自動清潔劑，只要進出門，都能維護心的初衷。

每當我想到這裡，一群一群來自四面八方的「幫派」就會用冰冷紅眼如刀逼視我自以為是的心。

遠近對應

落雨如蟲，溜進水溝，他們以透明或混濁合奏，老天都忘了它曾經有過的孩子，竟如此一致。我點燃一根菸，漂浮的灰像蝴蝶紛飛，煙從嘴裡吐出也雲遊了。

躺在床上胡思翻滾，為什麼這樣的時間就要被綁架，一條被單或棉被的誘惑。說不上眼皮的落山，睡衣遮不攏書籍的頁數，又爬起，案頭上的燈很亮，比起雨天的外面光明，也比氤氳的煙景通透。

睡去了。書籍看我的放鬆，讀我的呼吸，也想找一條管道進入與我擁抱。

嗚呼哀哉

戰爭一開始的時候，我還以為是鬥鬥嘴而已，火越燃越旺，越燒越廣，只有庸俗走過大甲溪，那不毛之地的岸邊都畫著一楨楨冤魂。

沾有青苔的石頭，像刺蝟舞劍；圓潤的小石子，沉澱在深層水底。他們沒有互動，各擁湖潭。

風吹起，森林滅絕，沒有人會承認放火；他們只想驅蟲，沒料到整個島嶼之外也沸沸揚揚，最後自己變成靠邊的蟲群，歷史的槍記錄這場浩劫，許多人還認為這是一種正義與光榮。

省思後的內外

樓梯偏窄，沾附的鐵鏽像油畫突出，佇立在外的階梯，風雨陽光掠過皮膚。人的骨頭慢慢如弓，好笑的連牆影都模仿，還好謙卑的影，載承歲月。

上下樓都匆匆忙忙，不在意它的腐朽會危及甚麼?·空氣中的懸浮粒子就像我們爭取前進所帶來的嗆辣。

當你老了還在呼吸時，請告訴良心的味道。老天都願你們長命百歲，寶塔裡的罐裝骨粉，就是老朽。

穿梭聯想

向陽飢渴，需要填裝一壺酒，在你看不到的背面，吞落煙嵐。雲遊三千帆鷗，歷經曠古名勝，輕盈沾上一疊江水，清吐幽蘭。

挖空心思重疊反覆糾纏，甩不掉的都是主觀噴灑；風從第四象限的半空畫弧，沿著雲層的厚度慢慢停止下來，瞥見飛機定格，那是一張明信片，寄往明日的自己。北極熊請收手，有一隊鮭魚正在趕著越過臍帶，帶著大海信息，輕輕放下你的仁慈寬愛，清徹的繁衍。

我的知識有些恐慌，少了一隻鑰匙打開前進的方向。待喝下那瓶裝有波菜的大力水手，飛越普魯托，拉上奧莉薇的手，振臂烙印一首長詩。

水中的懸浮粒子

吳郭魚想多生一個鰓，或是像七重溪成為故鄉，溪溝的惡臭披著廢棄滾滾前來。

吳郭魚的朋友田螺重度傷害，蝦子不再回來，只有福壽螺粉紅的卵頑強爬上灰牆草上繁衍，但這位朋友，人都不愛。

剛來這條溪的時候就得了香港腳，現在全身皮膚病，吳郭魚沒考上醫生執照，沒法行使治療，傷痛任由擴散無奈。

前天吳郭魚開臨時大會，決定研究一種秘密武器，回報給人們的惡意。

我還有救嗎

玉米就快收成，趕緊再噴一次農藥，才不會功虧一簣。白色攏起的雲煙換來閃閃發亮的銀子，擦擦汗，仰起嘴角。我剛好騎車經過。

這幾天媒體都在撻伐農藥的殘存，甚麼越南進口茶葉啦，蔬菜水果等等。夭壽的罵聲此起彼落，口水淹沒大街小巷，狂襲整個島嶼，每個人的臉上都刻著驚恐。

兩天後我再從玉米田經過，光禿禿的一片。我恍惚被注射一劑毒藥，全身發癢。

自由的刻度

夏天到了，日光浴已披好戰袍，逼視的浪，洶湧；我遊蕩在雲的眼中，風的胯下。沙灘是亮麗的臀部，每條白帶魚都金光閃閃。

肩帶與褲頭像買來的禮物，聖誕節還很遠，實在是打不開；抹了油的魚鑽進時空的界線，從容中有點鹹濕的美，我將每張圖片都收入在腳印裡。

浪跡社會後，就再也沒這般赤誠，原來單純是如此的容易失去；我擁抱日光浴，風將夢送給漆黑眼鏡，椰樹輕輕地移開影子，無牽無掛。

夢裡歲月知多少

鏡子磨去清秀的臉龐，微塵分秒覆蓋，眼球沾滿一條條犁過的深渠，垂落臉頰任憑面霜擦拭也不再光華。

其實我是喜歡年輕的，活動力強、彈性佳；偶爾我會要求自己做一些不實際的夢，包括一切可以的遐想。瑪麗蓮夢露的風情，費雯麗的優雅氣質，芭芭拉史翠珊的性感美唇，他們都變成一場隱晦的幻想。

鏡子從沒醒來，人影一個個消失，日曆落荒而逃，意氣蹣跚的昏牆；望著愛睏的電視機，我還得打起精神繼續作夢。

八厘米回放

巷口將所有童年的影子撕去，大樓剷平榕柏墨綠的高度。綁在電線桿的「天國已近」不再招攬；我拼命找，腳縫聞不出「糞堆」的氣息。

鼻間架上厚厚蛇眼，茫茫走過騎樓，遇見星巴克的現代語式，撞進衣衫有一陣陣的苦澀，一幢幢墊著腳尖的繁華。

繞想回顧的坡度，向更陡的未來攀爬，夕陽回家了；我把燈熄滅，連星月一起關掉，等著童年。

呼救人類

畫面突出一朵花，暗紅的玫瑰，嬌滴滴的有人注入口水，背景是西元三千年的充飢，我們從想像中激起需求，完美的定格。

一千年時，他們討論如何戰勝對方取得權力號令天下，兩千年時他們的手段更殘忍伎倆並無改變；現在的我們看不見笑容，甚麼都快捷方便，但誰都在猜下一秒的變化，根本沒時間去做多餘反映，沒有年齡受控的呆滯眼神，活躍是因為全由機器人取代生活品質。

現在的純人類無法當家做主，只能當寵物像被牽著走的小貓小狗，半人獸的機器才是王者，聽說古時候有個名詞叫「報應」，不知道是否跟這些有關。

不完美的人生

打著赤腳的風，行經我的少年，用青澀做鬼臉。後來與詩結縭，盡量讓雲透出光亮，但每段書寫都漏洞百出，夢中經常搖頭驚醒，遂將夢捲起丟入夢中。

丟入夢中的詩，夢老是搖頭，雲透不出月光，每段書寫的詩都漏洞百出。我用青澀做鬼臉，走回自己的少年，風依然打著赤腳。

我坐在石頭上冥思，石頭為什麼得讓我坐。

變質的社會

文青幹不成，就幹憤青，也許可以幹進立法院；真理是使命，難道是狗屎運。公平正義是笑話，哪來的轉型正義？我騎機車沿著一米白線內的路徑行走，大小蒼蠅亂飛，舞弄侵占紅綠燈與道德。

水電費以及所有帳單，飯菜瓦斯都是老人在扛，吃飯時，他媽的還說：「神賜我吃，賜我穿，啊門。」風看著直搖頭，烏鴉也看不下去，飛走了。誰賺錢給我補貼一些支出，沒有。養老如同公平正義也是笑話一場。

米桶從來沒生過蟲，倒是人性丕變慵懶不堪。

香港腳

袍澤們會共赴國難。他們喜歡在腳趾頭間聊，聊春夏的黴菌，聊龜裂的搔癢，越聊越起勁，甚至聊到皮破血流。

黑色的旅裝襲罩在陰暗的路上，行進中，他們磨出興趣，磨出集體暗爽更磨出無限情感。夜晚來時，褪去黑色的束縛，剩餘留給空氣對飲。我將它們洗淨抹藥，輕輕地睡去；半夜他們又起來行軍，一個個清點人數。

清晨黑色的，帶著兵團上班，那些兄弟還在吱吱喳喳。

鉛筆

擠壓與裝束是還原活躍的一項媒介，我被掘出於你的需求。原始的面孔也漸漸有更多的選擇取向，我成為小學生以及畫家的最愛，原來我是那麼有豐富的學識與藝術，真的，他們還愛著我。

窸窣犁耕，將你臉上寫成便條紙，見了面大家都會叫你叔叔爺爺。偶爾生氣時，還可以用我來罵一罵，罵甚麼，罵你想罵的任何事，然後再用橡皮擦，擦掉，一切又恢復如初的輕鬆。

也許我可以將你畫的更年輕，甚至更美。但我的黑心也常玷汙你的雙手，沒關係就洗洗手吧，像一些黑道的兄弟，選上立委後，也會漂白一下，但我沒他們那麼黑，不會玷汙你的心理與身軀。

琢磨石心

將石頭磨出一把劍，古松俏皮開玩笑：「你是要殺魚呢？還是想剁我」石劍發出冷峻的寒光，古松瞬間尿如山澗。石粉已融入山脊，石心還留執仇恨，持劍的人還在琢磨。

駕馭個性談何容易，駕馭筆墨流暢也真不易，駕馭有恨的石眼，該如何飲滄桑流盪，清明明之短歲。我看冰冷的飛機，乘載幾百種不同性格，飛向一致的城市，也各奔東西，在靶心的周圍射擊理想與願望。

石劍露出光芒，石心已經遺忘仇恨，掛在古松的頸項，清幽的望去天涯，滄桑已滌盡，清明明歲月。

夢與理想的騎乘

夢在施工，朝影子推進；夢的工程複雜遼闊，夢的結構經常鬆動，夢的施工期忽長忽短。我吃完早餐，夢自己回到床上，做它自己的夢；路的方向朝公司的大樓邁進，尋找我的白日夢。

夜晚我拖著疲憊回家，夢很黏，電視剛打開，就被電視看著我的窘境。還不到十點那傢伙真驢，硬拖著我跟它上床。

夢，迅速施工。諾貝爾文學獎，珍珠美女，超級豪宅……等等，都快速達成；夢很快醒來，也很快破滅。我從未感覺有何不適，只是笑一笑繼續作夢。

懶惰的藉口最多

床鋪是加強版的分量，大象是打呼部隊的首席；有螞蟻抬走皮屑，有蚊子飛來抽血，沒有誰可以改變牠的轟天雷。

冬天比烏龜還縮，夏季不穿衣，汗味穿透被單。庭院的空地越來越小，象的影子越來越大；沙發更沉了，門框越窄。

他的願望從沒改變，志氣永遠模糊；紙上的佈兵圖英雄聯盟，牠還在努力打鼾。

晨曦是瑰美的、向陽的、活絡的，是啊！我忘了，象徵無效，比喻多餘，哪來的轉化。

田園慢慢荒蕪

風的仗永遠打不完，每年的夏天總在屋簷度小月，無緣進窗戶。

小鳥的翅膀，風借不到，捏一把汗的冷氣，癡笑它的笨拙。我把電風扇也一起搖醒，看著日曆上填寫的數字，還要五個月才到重陽，摸摸口袋的歲月，破了好幾個洞。

風躺在樹梢，看著老去的牆角，剝落一層層日曆。

你找到光了嗎

我隱藏在陰暗的土壤裡，學著蚯蚓蠕動，鬆開一條甬道，為陰暗尋找微光。聞著潮濕的漚氣，是我身上沒有的。

土壤的味道想起祖先，在雨打風吹的日子裡，那壞去的肉身是否也在我的周遭蠕動。土壤想著，我也想著，蚯蚓是否也想著。

我從打盹中醒來，不怕！祖先都在靈骨塔安位。微光從窗戶幽幽照在我的身上，我忘了問蚯蚓找到光了嗎？

長青樹

手風琴壓彈一首優美的旋律，教堂啁啾的鴿子，灑落音符；起飛的雲，將碎光一朵一朵的戴在妳的胸膛。這樣好的天氣，鏡頭裡的白紗與鮮花。

祝福穿梭在妳的耳際，輕盈的腳步踏著靈魂的優雅，綠草隨那微風展露笑容，蝴蝶抓起裙襬大跳圓舞曲。手風琴的手彈到起了皺紋，音符沒有老化；每年的春天都會鑽進幾隻漂亮的鴿子，同一首曲子，同一顆太陽。

我老了，站在這裡為青春打光，看彩色的紙鳶飛翔。我的肩膀有鴿子等妳說出：「我願意」，牠將為妳引歌高亢。妳看到了嗎？幾片落葉化為蝴蝶。

一棵老榕樹

我從不知道你的眼睛藏在哪裡?所以不知道你在想些甚麼。你的家
那麼大，頭上的青天，腳下的大地；我看你是無敵鐵金剛，不怕風
吹雨打。

每逢初二、十六我都會到土地公廟拜拜，上完香習慣坐在榕樹旁邊
四處瞧瞧也
感受一下那份微妙。有天晚上睡不著，騎機車到處逛，不知覺將路
帶到榕樹旁，才發覺榕樹竟抱著幾個人睡。

我家的門鎖著，窗關著，床閒著；我現在出來感受恩惠。

一般就好

衣服穿過時光隧道，站立在風中搖曳，扛起長長的竹竿當起趕麻雀的農夫。螞蟻藏在影子下與太陽躲貓貓，絲瓜棚的綠天使持續讓自己膨脹。

隔壁的將衣服倒吊用夾子封住腰間，昨天跟我說，這是「倒掉」不好的噩運，今天又跟我說這樣壞人才不會找他麻煩。我看著他的影子，兩隻反折的衣袖，像鬼魅流離，螞蟻一隻都不敢到它影子下遊玩，好像在刺破某些可笑編劇。

我把衣服晾在庭院，衣架直挺挺的扣住肩頸，每件衣物如蝴蝶輕舞，螞蟻蝸牛蚯蚓都在屋簷下跟著舞動。

疏通疏通

雨在馬路上奔跑，穿過大街小巷，林野腸徑，每棟樓房哭歉歉，一列流蘇瀑布匆匆。奔跑在馬路上的雨，淋濕雨傘、衣物、公車，也淋濕濕滑的時間，倒映的都是老天的淚。

年輕喜歡雨中的浪漫，毛毛雨更是詩人筆下的飄逸，而這翻滾潑灑的狂雨，到處淹水，誰都無法說愛。我躲在家裡聽看它的殘暴無情，電視把橋墩沖毀、把國際機場灌爆，把許多人的心割傷。

我帶著垃圾袋，穿起雨衣，傻傻的任雨敲打；我一撮一撮的撿起排水道的堵塞物，才驚覺我的血管是否也堵塞。

解開繩索

他有時故意將眼睛瞇成一條線，這樣的日子偶爾才有一些朦朧美。工作的環境有點吵，機械聲像上戰場噠噠碰碰，打卡下班，宛如逃兵。

回到家，洗澡成為他的告解，水流樂意為他譜曲也願為他沉澱。機車彎過郊區，沿著螢火蟲的翅膀慢慢來到小山上，這遠離塵囂的夢，比夢更美更貼近。

下雨天他會提早躺在床上，將眼睛瞇成一條線，讓螢火蟲用翅膀帶著飛，俯瞰整個市郊，然後再將瞳孔放大如鏡頭喀擦，瞬間睡在美好裡。

知道只是小孩

稻子沉著穩重時，料想該是捨髮就義之時，割稻機筆直的走去，白鷺鷥輕鬆地叼食小蟲，麻雀將遺落的稻穗啄進，跟在機械後面的還有燕子、嘉玲……等。每當翻一次土，幸福的香味就在播種施肥中來臨。

我們追求學問，不是要裝一副很屌的樣子；我們追求金錢，不是要裝一副很粗糙闊氣的模樣；我們追求職等，不是要裝一副搖擺的狗。我們要沉著穩重，客客氣氣，讓自己過得無憂無慮，讓周遭的人也過得快快樂樂。

小蟲瞬間得到快活有白鷺鷥歌頌，遺落的稻有麻雀愛惜；白天繞過黑夜，青葉轉成枯黃，呼吸的一邊慢慢微弱，就交給下一個生命抬頭。

各安天命

貓有些慵懶，趴在牆上不願下來，曬曬溫和的太陽，牠想做個日光浴也挺不錯的。風輕輕送來隔壁的菜香，我才意識到菜還在冰箱吹冷氣，睡的正甜。

拿一碗飯菜跨出門檻，貓已經挑著眼瞅我，這小子比我還精明好命，牠從來不憂愁，下一餐在哪裡。

前幾天滂沱大雨，路上人影輕易地踏碎，公車也壓碎紅綠燈繼續前行。我的機車沿路流著淚，就趁這場雨，大聲地哭給我聽，噙訴我這肥壯的身軀對它施暴。

藥師識

對於你寄存的影像，殘酷的回放，半夜早晨午後像刀割開脂肪瘤，重複你的菌鏈。是的，木魚封鎖你的蠕動，靜默一場吉祥，銀絲的煙嵐，留白。

我從寺廟走出，大雨如流蘇敲擊不規則的聲息，整條馬路有喝不完的水。輪胎旋轉捧出滿滿的傷感，無法擦拭清楚，原來心靈是如此易碎，雨也切割了我在廟裡的寧靜。

自從我將靈魂寄放寶塔，外面的風雨都不再干擾，病好了，輕盈的穿越夢境。

三歲的海灘

孩子的純真很難寫，很難寫進陽光的沙灘。沙灘的泡沫已成為飛逝的雲，你留凹陷的意象，影子滑過，螃蟹攏起幾坨墳場，荒蕪的的童稚沒有了瞳孔。

殺戮的聲音還在喧嘩，路上的腳沾滿血跡，宗教如此虔誠，槍砲這般無情。這次你再也看不到母親，看到的是海灘下著一場世紀的淚。

孩子的純真很難寫，很難寫進明天的微笑；所有的歷史都是一面鏡子，他們還是要站在太陽頂端燒光自己，燒光真理。

轉個彎

右臉頰貼上許多黑芝麻，母親用血液告訴女兒那些隱喻，時間沒有停下腳步，有些黑芝麻已深藏在皺褶裡好多年。阿嬤告訴孫女，那些點點滴滴是先祖太留下的幸福。

這故事有些人拿她當笑話，但是這個家庭成員都喜歡這深遠的寓意；只要有空閒聚集時，就要阿嬤再講這個故事，不嫌產品已經變形。

開心果為什麼叫開心果，開心果不知道，知道怎麼讓大家喜歡就可以。

牙齒

用顫抖的手拿下曾經閃亮晶瑩的鑽石，鏡子裡的那個老人，看了看還是覺得噁心。上下兩排柵欄都已腐朽，就想讓替身扮演得更像從前一點。

現在說起話來流暢，如果再把香水噴一噴，那個翩然的也許就是海燕。鏡子從來都不相信神鬼傳奇，他當我抬頭瞥見白雲，而山下的竟是一片滄桑。

已經過了兩個四十歲，應該是沒有嘴巴才是，而這精光的護衛，星星都說他真的很年輕。

不讓夜失眠

累了，轉進一場夢。追逐找不到渴望，所以化為翅膀。酒精掏洗一夜憂傷，從困頓的腳步醒來，點亮少有的密語。風緩慢地吹歌，小腿與頭顱睡進清空的異域。

那張床憐憫沒有光環的味道，窗戶不曾闔上，流通一場夢是高貴的獨享。肝功能偶爾與夜露共泣拍肩。

夢中他與肝胃陌生，沒有對話紀錄，但早上疲憊或胃酸上衝，擠出的眼淚，風知道，路知道，夢不多話。

隨時都會產生變化

太陽露臉，趕緊將自己推出，連續的雨已經疊成發霉雪花，書櫃、牆壁、衣櫥還有一顆黯然的心。這潮濕的腳必須換上短褲，脫去衣衫趴在庭院的大涼椅，如神豬般翻烤。

一壺冷泡茶，慢慢綻放舒展，我覺得身輕些許，喝下又流出的汗滴像擠出的霉渣，祭壇得救。花開出新芽葉，石頭上的紋路清新可見，我的頭腦也清楚了些。

半夜窗外的雨又一頓拳打腳踢，新芽葉垂折，石頭一身淚痕，我的心又悶出憂鬱的雪花。

無奈與淡漠

老天的病越來越重。這陣子經常出大太陽又迅速烏雲壟罩，瞬間狂雨，又出太陽。這不是今天才有，以前也出現過，但沒有現在的這樣頻繁。想帶它去給醫生瞧瞧，它還是固執的不回答我。

現在的年輕人下了課或下了班，門一關，我們瞬間隔著一道牆。我的腳剛才煮飯時扭到，行走困難；要不是腳受傷，唉…………。明天自己坐計程車去找醫生。

醫生說「打個針，吃個藥，三天後再來檢查。」其實我好想住院幾天。

靈魂的家

我從沒看過它的模樣，也無法想像，只粗略地跟大家想法大概相同，一個慢慢茁壯又退化的腦子。我在想當直視某個人或某件事時，而進入另外一個思維空間的，是否可以稱之為靈魂。

我不曉得為什麼要解釋這個。我有時會亂想，如果我死了，那腦子不就一把火，消翳煙雲；那靈魂不就失去大腦的想像，不見了。柏拉圖說靈魂不滅，我就更糊塗了。

記得前天去市場買豬肉，老闆的架式十足，輕輕的一劃，就分割一塊給我。當我在烹煮時，忽然想到靈魂這件事，本來有些驚悚，後來想通了，我又沒吃牠的腦子。

最長的不是那把刀

這段期間腳又找我談判，磨損的膝關節，髖關節，時不時的發炎抽痛。坐在椅子上隨時移換輕壓的角度，我想那臉部的扭曲是艱澀的凝重。睡覺煎熬，做夢簡直奢想。

醫院的清潔藥劑不適合我的鼻胃神經而且有莫名的壓力，醫生說要開刀，疾病連夜逃跑。家門邊的對聯逐漸飛去片面絮紙，紅色的喜悅沒有再那麼完整。

神不太可靠，祂們要收取費用〈任何宗教都需你的奉獻，有的包括身體〉，鬼就別說了，我也怕〈神用鬼做宣傳，取得你的寄託〉。

思念的劍太長，放棄吧！

大家都受傷了

太陽毒辣沿路燒烤，我掀開僅有的羽翼，一股嗆鼻的腥羶味，周圍已掉落幾隻蒼蠅蚊子。打開一瓶運動飲料，竟與我的血液一樣混濁。

大熱天為什麼還要出來悶騷，甚麼親子日，兒子也是滿頭大汗，我看不到微笑與快樂。終於結束自我凌虐，沙發上已經有豬頭睡去。我趕緊去沖澡，只見水龍頭一直哭，哭著被燙傷的身體。

最疼的莫過於那條路，被狂曬也就算了還要遭受你們大小欺凌，連汗漬都往它身上潑，真是五味雜陳。

口腔的告白

我被一支切生魚片的刀劃醒，它滑過臉頰，抓緊頸部，輕鬆地支解，再仔細的分割紋路，眼前的就是那隻布滿血腥的鮭魚。剛喝下的紅酒有些不舒服，它想逃跑，卻被不在意的腸胃看牢。

本來說好的，要跟著反胃，但偏偏被同桌的好友戲弄，怎麼啦，怕死喔。我那種不服輸的莫名升起，，不說二話夾起一片沾濡芥末醬油，胡亂地吞下，又喝下一杯紅酒，好像忘了剛才的憎惡。

這陣子應酬較多，生魚片已是必備的語言。

敬畏的心

斜光打在四點鐘的大樓，對角摺疊不見痕跡，只有冷氣流下的淚，滴在遮雨棚又垂落夏日的不捨。我們紛紛用手遮光，不是看人家流淚，是看飛過的太陽，喔～是無人攝影機騰空表演。

斜光打在樹葉上顯得精彩，打在撐傘的小姐身上，就有點浪費，像是被遮去光的海燕，少了那麼點的風采。

太陽總要每次回家，眨眼給月亮。我打開庭院的黃燈，用第一杯紅酒敬太陽與月亮，再斟第二杯與大地一人一半，我想這樣夠了。雖然我被時間摺疊，摺痕佈滿鏡子，似乎跟我無關，我又不是太陽與月亮。

燒過的水還是水

我們都有一個靈魂，他們這樣說，我們從未謀面，太陽想照一下鏡子，如果枯葉能及時升天，就不會落入紅塵再轉世。

如果風沒說錯，有天你抬頭望見那騎著雲的魚一定是我，請不要鼓掌，我是一件易碎品。

請你忘記我的形象，一個沒有經過修辭的身材，如果真有靈魂的話，在左邊的那個抽屜留有三封信，寫著簡單的想念。其實我想說的無非是如果，也僅僅能夠如此，至於靈魂的事，你就當它是一隻寄居蟹。

人之初的病變

我們喜歡將心繪成一幅紅澄澄愛的精品，臉上有著喜悅的笑。四月八日的浴佛節聽說改了，不知佛陀知道嗎？孩子在學校考試要怎麼寫答案，紅澄澄的顏色慢慢消退。

人文衝擊一直在改變社會多元觀感，眼睛塗滿的色彩繽紛，扇形的夢圍繞每個人的舞台，築夢。我們走出自我，單純的菌體逐漸轉變或固執不化，所有的人都在學不同的應對與周旋，連貓的眼神都變了。

愛心應該是單純奉獻，沒有折扣也不該有對價交換，可是很多人會將它當成一種投資甚至於買或賣。現代多數年輕人臉粉化妝都施以油彩噴畫，人的心都成了裝置藝術，而原來的自己，自己已經不認識。浴佛節就這樣悄悄的蓋上一層霜，它慢慢會堆疊，終至佛陀不識自己。

南投茶農

有一天午睡，電話聲響，「我是南投茶農……」我打斷她的介紹「對不起，我不喝茶」電話就掛斷。然後醒來，到浴室撒泡尿，將早上喝的茶濾乾。

以前買茶葉都是上山去試，一買就是好多；近年來到山上的機會少了，買茶都是跟著好友一起買，朋友會去山上載回來，現在朋友少了，茶葉量也少了。

成功據說是留給準備好的人，但準備好的人不一定會成功，況且都不準備的人。生意真的不好做，有太多的辛酸不是三兩句話就能說清，其實也不用多說，就做吧。年輕的路還很遠，耳際彷彿又聽到

「我是南投茶農」。

等待

等待，一首磨墨的歌。火車站邂逅，火車站相等，談出一站一站的風景；公車站偶遇，公車站撐傘，擠出一段一段的熱戀；網路雲端神交，網路期待，熱線一天一天舌吻。每一種緣份來自不同奇遇，他們都經過無數的等待淬鍊。

擣衣聲的意象轉化到洗衣板搓揉水聲，洗衣機喚醒要去晾衣物，紅塵滾滾歲月匆匆。等待的人依舊等待，等著下班，等著回家，等著吃飯洗澡，等著看電視上床睡覺，我們在相互等待中搖落夕陽，升起月亮；我們在相互等待中，逐漸低頭不語。

屋簷慢慢斑剝，風吹走一個夏季就會送來一個冬，我們凝視彼此的皺褶也凝視稀疏的星星，我們剩下的話就是「身體好點沒」我們看著時間流失，我們也竊笑讓時間等太久了。

病情轉移

「兒啊~我死後，千萬不要火葬，我怕痛。」是啊~我想真的會痛，只是肉體與靈魂是在做等距的交接，瞬間分手。醫院的護士朋友經常會告訴我這些警語，實在很感謝她，可是我並不怕火葬啊。

現今的風水師父餓得很慘，土葬已禁止，靈骨塔已經是時勢，禮儀公司全程包辦，風水師父一張嘴巴無處瀟灑。護士小姐與醫生聽說近來缺得慌，曾幾何時我們的「射線」被不明原因困惑阻擋變成攝護腺腫脹。

是啊~人往生後，不是自己可決定的，包括所謂靈魂；人死後，火勢猛烈，燦亮亮的走了。千萬不要火葬啊~他沒將「千萬」火葬，只是將你火葬，啊～要不然咧。風水師也不會餓得皮包骨，下一場典禮將是這份職業，當然為了不願過勞死以及過多的壓力，讀書將成為厭食症患者或病菌移轉，醫生護士的路坎坷，每個人都要學會DIY。

懷念接近殘念

中華路喊賣香蕉的聲音從年少時傳來，三元五元的出價，大部分都是生意人。農村景象是悠哉的，每幾戶人家就會有「糞堆」會自動長出木瓜樹、芒果樹、龍眼樹……無奇不有；洗鍋碗瓢盆都用菜瓜布沾糞堆的灰燼，清潔溜溜。

現在中華路比我住的街道還不熱鬧，生活機能轉移，人文景觀遞變，思維邏輯爆棚。除以工作睡覺外，許多人的生活集中在手機與電腦之間廝殺時間；從中吸取養分也身沾毒素，分秒從指縫裡流失一個現代付費、浪費的自我訕笑的臉。

回不去了，誰要回去，就像沒鬍子時想趕快長出的期待，如今腳步的蹒跚，一頭白髮都懶得染黑，只有殘餘片段的喊賣聲縈繞孤燈。

放下

那一年他摘除膽，變成一個沒膽的人；那一夜妻子出走，他變成一個居住在海口的梧棲人。遺失一只戒指的手，隨著風顫抖；風走遠了，心卻抖得厲害。

朋友寄來一封信，裡面貼著一首詩，沒有淚水，沒有汗漬；看完後，我全身發汗，淚水泉湧。唯一的孩子也走了，連房子一起帶走。

他現在住工廠宿舍，生活單純簡單，偶爾星期日我會去看他，只看他埋首寫著詩，快樂的像童年。我才知覺，放下與從容。

原來他在作怪

天空破兩個洞，風慫恿狐鬼作亂，我不知它的目的為何？卻見風一臉的猙獰。雲驚訝的奔騰，一頭散亂的灰髮，四處竄逃；我淋濕一身，發霉的氣味從樹邊土裡洩出。

沖完澡，泡一杯烏龍，點一根煙想著；天空破洞跟狐鬼有甚麼狗屁關係，又與烏雲落雨扯上甚麼？應該叫女媧才對啊！可是那白髮女早已仙遊，不知去處又無手機可聯繫。

趁今夜月黑，我搭著夢船，帶著政客的嘴臉與口水悄悄地將它糊上。

政治分裂意識的可怕

政治是分裂機器，在這沉迷又無能的權力架構下，變種。他說時代在向前進，過去的就不要再講，而被綁架七十年的意識，依然故我。

他們都在為反對而反對，老年人已僵化，中年忙著賺錢，年輕人學會了如何反抗學校，員工學會了如何抗爭老闆，兒子學會了對付老爸。國家被撕裂、社會被撕裂，學校被撕裂，家庭被撕裂，都從立法院學來的，學生也都說在維護公平正義，所以要走上街頭。

食安管理讓人心寒，隨機殺人令人驚悚，經濟犯罪一再重演掏空；守法與憨厚一直在繳稅，貪汙的沒有變，噴口水的還是那些人。

學問高低沒用，貧富不拘，品行不管，碰上政治，頭顱馬上伸出來，自動給藍天綠地綁，一分利也沒有。老爸經常罵兒子，你懂個屁，對別人甚麼屁都放不出來。這種病要趕快送急診，不然到加護病房就沒救了。

酒後共識

如果將美國，日本，中國放進教科書讓學生來讀，說這是我國，你不覺得這是在搞自慰嗎?思想被灌輸，就如同吸食海洛因，失去靈魂意識，只剩一具軀體。

一幫人打群架，連隔壁的窗玻璃都倒楣，從此各自放話，相視眼紅，互為敵人。驚恐的是家屬以及無緣無故被侵踏的門戶，黑道的槍抵住你的太陽穴。

歷史早就覺醒，人卻無賴。

不要躲著陽光

中年人將心情綁在腳上，肺活量追逐間距往天空噴灑，落下的雨沒有玷汙大樓，重複的景象繞著公園步道伸展，鹹溼的汗有解放的去處。

年紀較大的在草茵上甩手交談，聽說可以甩掉孤寂與病痛。我看很久，慢慢地跟著做起動作，幾回下來也有效果，酣暢垂流，樹笑了、花笑了，公園裡的鳥鳴更加清脆，我的心也寬闊了。

大樓裡深藏許多未走出的影子，生病需要照料，有的做夜班需要休息，可怕的米蟲蠕動在電腦桌。

主題流失

裝潢師傅拿著榔頭敲打文字，精準的表達主題，我丈量他的弧度以及力道，是我要臨摹的詩。力道深入一寸兩分是海浪微起的基點，至於弧度是我釣魚拋竿的三分之一。

那夜睡眠含有木質的原味，特有的芬多精，新的意象激起不同的語境，我轉過身，船身啟動。薄霧初開，灰影沁涼，寂靜的漂流。

我摸著榔頭開始敲打文字，弧度與力道不偏不宜。「死鬼，你幹什麼」，一寸兩分的基點，魚竿拋出，海浪瞬間退潮。

放大與縮小

瓦楞箱疊放許多作家，疊放丟棄的紙張菸殼，疊放賣不出去的詩集；瓦楞箱裝著些許偉大思想，些許生活樂趣，些許哀愁。我們看著作家興奮與懊惱如同香菸點燃吹出銀絲，最後捺熄。

我們會將家裝飾的漂漂亮亮的，將車子裝飾的有行頭就像穿出去的服裝，也有些人習慣裝飾自己。真實離開赤誠慢慢被塗上一層烤漆，最後連自己都不認識自己。

我將瓦楞箱放大再裝訂又放大，我想裝進裡面，就算是窩成廢紙，也許我更能體會彼此的血淚。

火雞都會笑

只要機車停下來，他的心裡就開始犯疙瘩，已經十幾次了，他知道車子的眼睛很大，人用眼手來駕馭它，可是也不能老找他啊。

腳腫黑青疼痛，那些開車的都走了，旁邊的風依然吹拂，可惜就缺乏人影靠近，連警車都悠哉輕鬆地從他身旁吹著口哨向前走開。

那年他們轉進來台，他還沒出生，後來當然就接受他們的思想教育，他若有恨應該是從那時候開始吸取毒品的。雖然他跟他們無仇，但恨心已鑄成，包括警察都被牽連。

看別人容易

我習慣點一根菸，坐在路邊樹旁，搜尋人車來往的影像。朋友都說我有病，我答不上來，也許吧。今天的風有點大，多抽了幾根。

紅綠燈很守規矩，汽機車可未必，最好笑的有兩種人：一是女人，雖然紅燈她們慢慢地越過白線，再左看右看，然後一溜煙加快油門逍遙而去。一是青年朋友，他們比較乾脆，只要喵一下就是自己的綠燈。

今天我自己騎著機車沒抽菸，紅燈右轉到底要不要過去。

心臟曲線圖

年輕時，一直想將內圓區域向外擴張視野。衝動與慾望是達陣的本錢，越過雲端，飄洋過海，小村莊大都會，一點點星光畫出閃爍霓虹，一把吉他唱遍旅人的夢，狂妄浪潮。

樹輪繞大線圈，逐漸將外在的風景收攏回歸縮小，小到客廳與臥房，海水退到遠方，意念消退於身體的敗落，最後變成一碗清粥小菜。手裡把玩的剩下遙控器，地理、探索、戲劇、電影頻道構築呼吸的狀態。

不知什麼時候，思想內向，文字顫抖，皮鞋少穿了，沙發坐出一塊窪地。我在想，有一天連電視都無法關上，螢幕上出現不明雪花。

凌亂的腳步

我需要一些時間將核桃打開，那裡面畫著彎彎曲曲的指標圖，有時想猜一猜，密密麻麻的強波器有沒有少了一條線或多一條，生活中我有總有些短路。

走路時，目標是鎖定的，而不堅定的意志常常饒過人多的地方貪看一幕戲台，時間並不嘆息與稱讚，繼續畫弧走過夕陽的眼睛。

我用失眠的手整理一坨混亂的電線，天都快亮了，線的路徑圖，讓我暈眩，我的心被自己綁在線圈裡，在線圈裡慢慢失血。

平台應該跟跳廣場舞一樣

瀏覽臉書的照片，如翻閱一段曾經，從網路或其它相識的人當中慢慢淡遠，我拿起滑鼠點了一下「刪除朋友」所有留言隨著時間遺忘。火車鳴笛，黑夜與白天從玻璃窗裡外刷洗影像，上上下下的人群像來來往往的過客。

也許你曾經是亮麗的雲朵，我們彼此按讚，相互交流，在詩中震盪與鼓勵。有的臉友說：「你只會送花籃」是阿～我只會送花籃，我認真地的告訴自己，「還要送友情與溫暖」，至於臉友要送甚麼，我都會接受。

你的回覆可以選擇送花籃，當然有些人喜歡送炸彈，就像北寒之國，好像甚麼都很強，甚麼都不在乎。雲端不用錄像相視，我彷彿聽見他按下粗暴，一則又一則的電線正在走火。他真的不在乎。

呼吸的代價

思想偶爾偏移，還是習慣偏移，中心點在哪裡？社會的步調與標準也時而改變。我剛放鬆右腳的疼痛，左腳已經在作噁，這種日子就得跟它好好廝磨一陣，甚麼時候可以結束這惱人的劇痛，我心裡完全明白。

我們對待疾病是一種修行，直達沒病沒痛後就會遠離一切煩憂和快樂。疼痛的重點在過程，家人跟著疼、跟著痛，經濟與精神備受煎熬，雙方都是冬雪龜裂。

與其說修行倒不如說彼此體悟困苦，生命本就如此，穿越羊水領得一張身為人的認證，死亡也會銷戶；在生死之間不外乎錢與痛苦。

讀點書、賺點錢、多點名、升點官，是啊～我們也只想這些庸俗的
禮讚。

婚姻

要去問神的路上，朋友說要去問孩子的婚姻，友人就說：「我看你還是別問」「為什麼」「你兒子的婚姻都被你擋光了，問什麼？」

香煙裊繞，空氣不好。法師起駕，朋友就位，法師一開口：「別問了」朋友說為什麼？「孩子的婚姻大事都被你挑完了，還要問嗎？」法師說：下一位。

路上友人一直笑，我覺得很納悶，朋友的妻子眼睛瞪很大。

可信不可迷

前陣子朋友工作不順又遇小車禍，心裡就起疙瘩，就到一間私人宮廟求問。裡面的人還有些多，於是掛號等看診。好不容易輪到了，就一五一十地告知師父近來不順原由，師父一開口就說：「你卡到陰的，要辦祭改。」

事情未辦之前，有天朋友來找我聊天，說起這事。我說要花那麼多錢，我知道你經濟是沒問題，但可信嗎？必須嗎？

那天晚上我夥同他去釣魚，卻釣起一尊小型的師父，很沉重。

遺落山間的麋鹿

我把濁水溪清洗乾淨，用觀音柳條的甘露。
部落有些崎嶇，山歪歪的，政策怪怪的。
我再用柳條清洗，觀音笑我。

奉獻與貪亂

認識自己如詩之難，難在隱喻與轉折，我們操控著筆，卻被眼睛耳朵鼻子出賣。絲瓜藤搖晃一個季節就會枯萎，它奉獻一生的瓜果，然後默默遠走。

自私說是保障，層層關卡自限。蜉蝣一生多久？海龜又多久？有生必有滅，行住坐臥輸給一句放空。

道理誰都懂，飯誰都會吃，偏偏有人就喜歡多吃還偷偷帶上幾碗。

站牌是一台時光機

看著日光成長的老榕樹，不曾計較季節的變化，身體懷揣熱情，褐色毛巾圍繫頸項臂膀。巴士在晚間九點後，就會消失街頭。

幾片落葉還依偎長椅，路過的車燈沒瞄它一眼，夥同時間到城市擁攬霓虹。深夜，路荒涼起來，月亮乾洗樹枝與招牌，街坊鄰居沒有交談的朋友，這時的土地公廟也靜默，等待黎明。

黑夜是不闔眼的幻燈片，小狗悠悠走來，不用解開拉鍊，一個抬腳，又增加一分腐朽。風吹雨打日曬，剝落的鱗片像皮膚病，脂落性找不到醫生的傷口，往北的下一站你是否也在搔癢。

一張紙

書包很重，一中不多，他努力的研讀朝希望挺進，台大招手順利達陣。履歷佈滿荊棘，理想與現實拉扯；夏季的風容易悶熱，職場與汗珠糾纏。

有家可遮風避雨是感動的，用血汗換來舒坦，窗戶外的雨淋在行人，淋在機車騎士，淋在一隻欲高飛的鳥身上，我看著，總有衝動的淚。

我們有共同的時間去畫一張屬於自己的景觀。

浮塵

在你還沒落地之前，我就發想，冬天垂飄速度與夏季相同嗎？這幕戲帶著胡思圈旋，光悄悄從窗戶移了十度，玻璃少去些許穿透刻度，地板也跟著搬移時間，我依然頓座木椅望空。

發想你怎麼進來的，怎麼不聲不響地坐在桌上；發想你是否口渴，失水失脫可不好；發想你跟風的關係，不然到處都有你們倆。我笑起自己無法理解的痴狂，想撈一把告訴歲月。

你沉積的意圖，想隱喻甚麼？抹布輕易將你清起。光，消失於我的眼中，甚至皮囊，化為一縷煙。你在我走過之前就在前頭等我，我用所有力氣都無法將你拭去，也抹不清一場糾結的紅塵。

颱風

衝過來了，一群看不見的狂馬，街道成為枝葉的擔架，還有摔跌的腳踏車，騎樓撿拾破爛，向更遠處招手。

衝過來了，一群摸不著的大象，水銀燈歪斜，紅綠燈失明，電線哭斷腸，我腳上的淚，都是你的風雲。

你如浪的劇本，從銀河偷偷引來，還佩戴一把令人傷痛的劍。

各打五十大板

職場生了怪病，彼此仇視，老闆瞧不起員工，員工看不慣老闆，惡性循環。外勞的薪資總支出比起本土更多，但老闆就是不願雇請「台勞」，原因是甚麼？台勞怠惰，老闆摳門，但外勞你不叫他，他不動。

風吹不動影子，葉自凋零。一艘船若沒共識，員工挖洞，老闆也跟著挖，大家都將沉下；老闆搖頭，我早知道他們不認真，所以不怕，沉的是他們，老子錢存足了。聽說員工還在找工作。

蟲是怎麼生的，蝴蝶知道；誰是蝴蝶，誰願當蟲。還不是同體的過程罷了，人生不過如此。

何必自虐

掣肘或摩擦，很難忘卻，能遺失影像的也只是那個風發，拍拍走開的人，而還留在回想陰影裡的，經常是時間記起於身心靈的弱雞，有的人也想用某些手段來復仇或詛咒。

若是看到別人跌倒就會訕笑，這病要急診，人往往忘記當時行為的謬誤而不以為意，不要輕易讓它孳生，這是一把無形的刀；不要看到別人闖過紅燈就說幹，這句話經常在迴向給自己。

人最怕復仇心念一起，在乎成為牽掛，自陷無窮陰影。聽說每一個人都有一顆心，我們只要心寬念純，何不讓它自然柔順。

人性的醜陋

灌溉渠旁的絲瓜林立，豐碩的田園，青翠的一條條拿去朋友家，老去的臉孔被指定從哪一條煮起。碗不高興了，筷子跟著不舒服，「這麼難吃」「誰誰誰，誰家的絲瓜多好吃」

六月是多產的季節，也是悶熱的情緒。魚不甘願的下鍋，中午的飯又變質了，「妳到底會不會煎魚」。幾年前廚房買魚肉，她嫌買回來的是臭魚臭肉，後來他就自己去買，廚房偷偷尾隨，看看他在哪一攤購買。去年又將買魚肉的發球權交給廚房購買，他還是那句話：「怎麼老是買這些臭魚臭肉回來」

他抽菸的時候不用理由，他戒菸後，說抽菸會得甚麼病；他不喝酒時，就說哪有做生意就得喝酒應酬，他現在經常來上兩杯。他說了算。

重複印製

化妝品置放包包，化妝紙有所醒悟。她掀開優美臉龐，並非自己的真實面孔，有人說這是禮貌，我在暗夜經常驚醒。

寒國流行烤漆，從烤漆廠出來的每部車子的臉，就像印刷廠的宣傳單，沒什麼不同。她們玩著一副撲克，除了紅黑之外，似乎看不出來，誰是母親、女兒、孫女，連朋友的三圍都是同一副撲克。

世界在改變，從古至今，但沒有現在的精緻，模具壓鑄生產線偶爾也有不良品。說不定有天那些機器會將我們從新塑造，是新一代機器人的產品主導，我們可有眼淚，不知能否自行銷毀。

翻開影子

現代詩

詩，吃了茶酒之後

垃圾桶裝載許多吃喝後棄置與精神食糧
遊走在蒼蠅蝶蠅之間的竟是私人秘密
我的骯髒誰都看不見
或許還有些潔癖
全隨音樂載走

詩友的肚子有墨水
洋洋灑灑噴出
酒喝進去，留些酒氣哼哈
論述從艾略特與龐德，延伸到李白與杜甫
彼此寫下蕭蕭與蘇紹連

輕輕地吸取菸味
有了氤氳，說話就飄然起來
也跟著吐出一拐一拐的特殊味道
文學開啟天窗
照見詩國

冬夜，夢中醒來
打著哆嗦的窗被風侵襲
而餐桌殘存的濕味
持續為下一次論戰發酵

發表在妳身上的第一條訊息

還沒起床，聽見風聲
就有股不想疊好情人的慵懶
冰涼的書桌有著孤嘆
一整夜，觸摸安撫都留在被窩
影像是臉上的嘴與呼吸
還有指揮家的棒棒
通通進入夢想的隧道

妥協佔據多餘的語言
時間靜默不說
寒冷緊緊扣住雙手的機靈

蠕動的心也慢吞下來
眼球掃過餐桌的剩菜
這個早晨只好加溫

牙線穿拉，動植物的零碎
挑撥石臼縫隙
像一隻老掉的筆
計畫如何入侵文字
重新編排成一場不同觀感的劇目
利用剩餘價值，翻閱
細讀你的青春

還沒起床，聽見風聲

影像的嘴與呼吸偶爾同步
持續要加溫的不只文字
距離用心燃燒溶解
峰嶺峽谷的詩翩翩，如蝶
飛到窗前

夢魘

戰亂，腳底的血跡模糊
四處灰暗崩毀
家，狂風一陣騷動
沒了，兩隻手垂掛在焦黑的天堂
路過一條不知名的路
「聯合國的決議文無法停止戰爭」

子彈抹遍貪婪藥膏，蒙蓋上帝的雙眼
推向驚恐，猙獰的氣焰
河被染紅是母親的血

太陽被打爆只剩幽暗
「眼睜睜看著驚恐」

以為杏花很快就會開
橋下流動的倒影承載包袱
帶著零碎的靈魂奔亡
蹲在破廟煮一碗會冒煙的粥
希望卻沒有笑臉，奢侈嗎
「一具具的屍體無法觸動良心」

對與錯於瞬間交融
生命如此單薄
薄得比晨間微霧還慘白
吸血的蚊蟲搖搖頭

懊惱後飛走
竹林的蒼涼深埋沉哀
「倉促的影子飄忽不定」

權利的謊言終會被刺穿
但最細小的貪婪無時不再萌芽
冰雪吞沒熾熱的年輕
幸福的花園填滿潘朵拉笑話
枯葉墜落還壓傷城牆
腹部一道裂痕，紅雨滴落

點燃一把聖火

站在稍遠的地方看自己
海岸線的光慢慢燃起
燃起的光照在美麗的島嶼
掉下幾滴感動的淚
母親啊
沿著路標穿透紅塵漫漫
這雙苦拚的手腳
甘露滴進

站在稍遠的地方看太陽
海岸線的魚正活蹦亂跳

清澈的是你
有真誠就能找回奇蹟
相信自己
相信島嶼

何必題名

在埃及尋找一枚法老
鈷六十無法探測，那是
人性的遺跡

沙漠無情對待呼吸
仰望的藍天也一籌莫展
收拾祭壇塵埃
思考著他的價值
對人類的衝擊

在心裡尋找一枚法老

搖搖晃晃的線條，那是
傳說也是真實的灰色紀錄
攤開的是科技還是謊言

血液在兩河流域失所
考據追不回貪婪的枯骨
迴盪啊
一首低迷的詩句

我站在陸地偏北的地方

觀念在腳下
深受氣味愛撫
一叢叢對望的凝視

雪有時會佔據短暫的胸膛
枷鎖是自己造成的困頓
白鷺鷥輕鬆的叼起蠕動的腹腔
原來露珠與眼淚是共同的語言

我站在陸地偏北的地方
也有南方的翠綠

天空偶爾也會嘆息
氣壓高底總會干擾情緒漂浮
雨水帶來憎恨與愛戀

思念與牽掛無法抹去過度反映
通過雙眼的訊息，你有著五味雜陳
繁複事物依然籠罩於冷牆背後

北方是靜止的名詞
也許我該飛越
融合南方的氣息
把兩地的泥土混合

融合彼此的氣味與呼吸
我站在陸地偏北的地方
已經沒有區隔
讓南風吹來

良心是低層的產品

兩顆讚石綁住千萬身軀
兩顆眼珠流落哀愁
山嵐有吹不盡氤氳
神
啊
貪婪看破祢的無能
躺在死亡邊緣的紅血漸漸乾枯

控訴是幾千年來的無知
他們用你們的拳頭追打你們的體魄
一層一層剝離岩脈脆弱

金黃的坐墊上，悲憫是多餘的劇本
訕笑圍住猙獰的面孔

是非會在人群中被渲染
你寫下的小說沒有人願意購買
振翅的飛鷹顯得孤單
知識抵不住忽視
知識被強姦拿來取卵
說一說背著你就算了

天候快速丕變
似是而非的眉毛會找對象
雪花正在沿路唱著孤寒
掉落的屍體化為血水

呼吸的碎步滄桑

切斷再組合

誰將我鎖在這裡
盪皺一片湖
起風的葉片掛在天空
呼喊小徑的荊棘．古老的
模糊的牽扯，如藤蔓
從眼眶逐漸套牢

母親是我喜歡閱讀的語言
甚至於文字也是
單純的草原沒有真假耶穌的爭奪戰與分別心
這裡秀髮柔軟清幽

為了喜悅紅塵脫離母親懷裡
進入更寬廣的大地
從此媽媽的肚臍連接母親
我和緩的分娩一頭小牛
通過無數次的陣痛與認知

也許我該在樹梢紀錄你的影子
還有吹過的風
高掛的月亮
些許的燦笑或哀愁
我都願意聽聽
來自不同音域的密碼

站在後山看黃曆

從沒看清，風的翅膀
嚴寒的速率狂奔
割傷行人的箭

從沒看清翅膀的顏色
夏天，默默的熱氣不走
脫去層層的假設
英雄露出一攤贅肉

從沒看清有幾對翅膀
時而振飛落葉

時而拔去年輪
偶爾躺在太陽底下作夢
連翻身也懶

我有翅膀，高盲撕去的飛翼
有隻小鳥卻飛不起來
四季蕭蕭
無法激起鮮豔衣裳

重溫舊夢

線，銜接時空頭緒
比風的爭執性還高，於
透明與呼吸之間摸索
時而筆觸驚險
時而經典輕鬆
緩慢地將面具掀開
是否認識這個浪潮有同等其它波濤

字，伏案在桌醞釀
文，恍然見光
享受新時代的創作

文字逐漸成為伎倆
我們在修辭學中遊蕩
我們再挖深織廣
我們在為時代作注腳

詩經一路搖過二十一世紀
李白杜甫氣定靜觀
徐志摩不帶走一片雲彩
鄭愁予三月的柳絮不飛
美與情感的支撐
如同生命的延續

經過高度的同質化

路漫漫黯淡了下來・時代的一溝水
撫慰人心的詩，生死無法共鳴
文字不再優美，只有看不懂得驚訝
所有的後現代已經從歐美消聲
我們還在討論創作的技巧
意象要轉化暗示隱喻
李白杜甫惠特曼葉慈都是直白的詩人
幾千年來留下的經典是誰的
我們都將在浪潮裡逝去
幾百年後也許又重踏覆轍，越挖越深最後埋掉自己

搖醒一朵花

北風叫習慣後，會忘記自己名字
蟬聲騷鳴，葉片的耳朵很煩
黑板樹撐著大象的鼻一直往天空爭取新鮮的肺
螞蟻喬裝背包客
仔細觀賞上山的路徑
雖有幾處寧靜海
繞過蓄水的湖泊
插枝有帶酸性的液體
雷聲於驚蟄後的第五天敲響

雨嘩啦啦如鋼琴協奏
杜鵑伸出少女的矜持
以薄翼之姿灌溉眼睛
春天就這樣被打動
晨間有漂亮的玫瑰獨領風騷
紅色的露珠是剛畫上的驚嘆號
輕輕地脫去含苞
窈窕的身段有蝴蝶鼓掌

門把上留有妳的手溫
鑰匙孔寫著一首長長的詩
有螺旋的痕跡
通往香格里拉的花色床單
浮塵幽微的窺視

是清香的體味
窗簾緊閉嘴唇
風聲一點都沒透露

北風叫習慣後，會忘記自己名字
青蛙聒聒，驚醒田裡的的星星
秧苗準備刻劃向量與幾何
雲在月亮的胸膛撒嬌
這樣的春天才夠浪漫

葡萄酒晃動妳的神經
我的名字貼在喉嚨的入口處
吞嚥蠕動的小夜曲

驚蟄後的雷聲是升高的節拍
音符像朵燦豔的百合，唱出透明的知覺

北風叫習慣後，會忘記自己名字
我在庭園植下一株夏天
六月的沙灘，滾動
白浪的尖頭有雲悠悠
紅酒醒來的味道絕妙

該為誰點燈

時間有點晚
古牆旁的水銀燈照亮
一首現代詩木板
寫的不外乎你會的文字
不同的是它會觸動你的心靈

我們的五點半
已多繞好幾圈
衣領站在文化氣息濃厚的街道
錯過進入電影院的門票

糾結孤單
閃爍的霓虹對我眨眼
我卻無意睜看

風轉涼
挪移腳步
巷子有嘆息聲
落葉也飲泣
穿過這日式的建築
隔壁的樓房
暗著

時間真的太晚
日光燈笑得太燦爛

無法睡去
我只好陪著它寫，光的流逝
從來就沒有昏暗的太陽
還是會照到別的區塊
妳的家

我們已經太久沒一起看電影
音容宛在掛於廳堂後
我只能偶爾搭車
讓那首詩再次鑽進不變的心

奔赴少年情

脫去妳眼眶的黑暗
我穿著一匹快馬
自海洋騰飛，衝進妳的小鹿
寫下一篇心的歸屬
時間與地域的差距
沒有思潮的擁擠

草原是柔軟的床墊
輕沾的露珠洗淨天的臉
聲音游回溪河
撞擊雲影下的長舌

我該泡杯咖啡，輕攪
濃濃地香傳去

我的蹄勁揚
翻越山的背脊
再掀開神秘氤氳
路，攤仰每寸肌膚
風，注入清爽的詩句

甘願做，歡喜受

那足以讓你彎下腰的是誰
母親的臉龐
路肩的石子
一首詩的微妙

那足以讓你挺起胸的是誰
母親的臉龐
路肩的石子
一首詩的微妙

那足讓你喜悅與憂傷的是誰

母親的臉龐
路肩的石子
一首詩的微妙

通通把它扛在肩上
不時以微笑的心情寫出

一通不知名的電話

有人叫我爸爸
語調在遠方的陌生響起
後腦勺有股莫名
桌子笑到彎腰
戲弄真的不好玩

有時放假真的很無聊
臉書逛到打盹
文字與圖片還不放過我
起身，有些頹廢
卻被叫醒

請你不要叫我爸爸
我才剛滿二十歲
尚未領證
沒有子女給你綁票
不要喊痛

沒有女友的春天
大家都發我一張好人卡
心理比電話的叫聲還痛

收集細碎

秋後，你的突出令人懷想
這乾枯的歲月
陽光照不進心房
表面的問候
煮不了一杯咖啡

冬後，新芽看見
躲在背後的影子，羞澀
翻翻衣袖，提提衣領
突出的葉子慢慢長成衣裳
坐在春天的地上，有你寫下的詩

風讀起來特別舒服

無言的天花板

立在鐵絲網的鐵已經傾斜
剝落的淚，留有漬跡
彎曲的脖子像中風的肺
咳到路燈都不捨

穿越鐵絲網的風也來欺負
它只能嘆口氣
習慣了，就不在乎
偶爾麻雀會來安慰
還留下一些黃金讓它想念

輪椅即將劃過黃昏
太陽又要下班了
躺在草坪的影子沒有喧嘩
只顧著與枯葉對望
也許該追隨那道最美的彩霞
奔去

衣服越覺沉重
鈕扣被詛咒
這樣的夏天無法脫輕業障
留著汗推向失眠

將詩與骨灰點燃

牆壁微燈還亮著吧
腳印應該還留有詩的味道
幾株吐露心事的蝴蝶蘭
可還在原地眷戀

你打開信箋
應該足以包裹我的骨灰
那是留下的媒介
通往尚未完成的篇章
右下角有個註記
二零一六年的三月春

現在還用西元嗎
現在還有人寫詩嗎
現在還會爭論誰的心裡住著怪獸嗎
時間飄逝
每朵雲湧的浪頭

你只要把信箋的字重抄一遍
影像將重現
讀的時候請不要壓抑呼吸

掉屑的以前

一首發黃曲子
已經不知流浪到哪裡
若沒談及
音符早就忘記

一首流浪的歌
隨風吹雨淋穿山落海
曲目何時被抽掉
忘了
毫無頭緒也好
過好今天才是重要

既然點燃這盞燈
能記起的和能說及的
試著回憶
妳寄來的信件，只寫下再見
那湖中搖盪的小船哭泣
門口的郵差再沒來按鈴

火車頓了一下就把夢托遠
沿著磨牙的平行線，錯過再次攬腰的機會
時間並沒睡去
風景不停地改變四季顏色
包括我飛鬢的髮霜

神愛世人

腳印有燒焦痕跡
煙燃了誰的曠野傳奇
溜溜球旋轉幾個宇宙
發光的砂礫
隕石爭先恐後的撞擊

以古老的寄夢穿越
游離
千層派疊起五蘊皆空
返我菩提
一場鍛造的錘鍊
風推動呼吸

在海灘
在沙漠難民營
在一切可擁有的苦難
炸毀布魯塞爾
慈悲勸化不了群魔的執著
歸去來兮

腳印沾滿血跡
眾神離去
人無法純真，溜溜球
旋轉幾個宇宙
隕石撞擊，以為是
發光砂礫

拋開

中午點了一份浪漫短詩
摻了胡椒鹽
檸檬冰水沖刷多餘贅字
隔桌的散文蹦蹦跳跳
喚醒久違的駱駝祥子

雨下到自己都覺得累
杜鵑口吐膠水
將逗點的語意延伸
小時候玩的彈珠
一不小心衝出意象之外

晚上友人來訪
端出幾盤名人詩作來點評
舞動的酒特別興奮
按住辛苦生活的歉意
煙圈一朵一朵穿越時間

遙祭母親

花店的小姐很客氣
眼神就像美麗的彩虹
一束有滿天星陪伴的菊花，還附帶
三朵康乃馨，天空的雲
宛如蕾絲邊的愛捲延
風也跟著徜徉

夢搆不到一把鑰匙
那怕打開一點門縫也好
夢擱淺，於是
轉化用詩來寫

寶塔的四周清幽
爽朗的太陽照在我的身軀
斜放的黝黑，是母親寄放的影子
我看著她時會莫名
潮濕的淚緩緩滴落乾草旁
有點傻的想念

沉澱調整再出發

風不能老是強颱，找時間讓自己
看清枝葉的滄桑
鬆脫的窗痕
也許以關懷來輕輕交談
也該給魚畫些漣漪
說說別來無恙的喜悅

翻開昨日，人生總有過程
不是每人都是龍鳳
就拿起屬於快樂的彩筆
揮灑

詩是溫柔的野獸
很難駕馭
沒有深厚情感
技巧只是冰冷的山
設想與物換心，彼此對話
慢慢的小草就學會點頭

跨過複沓腳印
每層沙都有記憶
影子的角度會透過光的移動
告訴翻修後的彩繪
文字會更堅定幸福

與詩有關

刻劃楓葉紋路斜放
密度豐滿，綠
轉紅的移情，加深意象
我隨它的鬚角咬嚙
噴出一口的秋

有時我讓楓葉產生記憶
帶回家，壓在書冊
年後，長出一片森林
驚訝的文字見狀
重新編排作者段落

也想一睹隱喻的風采
詩，佈滿星空
每個靈魂都想抓一把成為詩人
蜂擁而上的螞蟻兵團
臉書承載的盛況
比菜市場熱鬧

詩刊的編輯盡量讓你們的摯愛靠近
但是不到一千本的販售量
無法神情飛揚
社會將與詩有關的人重摔
文字及風采成為歷史的哈哈鏡

我在現實的筆耕後，還有
一把鋤頭
他們的微笑看見我的辛勤
回頭再將隱喻補上
我們將錢花在小孩的課業與未來
卻忘了讀書是一輩子的事
書局大都不願擺設者種小眾文學

該為誰點燈

時間有點晚
古牆旁的水銀燈照亮
一首現代詩木板
寫的不外乎你會的文字
不同的是它會觸動你的心靈

我們的五點半
已多繞好幾圈
衣領站在文化氣息濃厚的街道
錯過進入電影院的門票
糾結孤單

閃爍的霓虹對我眨眼
我卻無意睜看

風轉涼
挪移腳步
巷子有嘆息聲
落葉也飲泣
穿過這日式的建築
隔壁的樓房
暗著

時間真的太晚
日光燈笑得太燦爛
無法睡去

我只好陪著它寫，光的流逝
從來就沒有昏暗的太陽
還是會照到別的區塊
妳的家

我們已經太久沒一起看電影
音容宛在掛於廳堂後
我只能偶爾搭車
讓那首詩再次鑽進不變的心

祭屈原

風將我抓緊
落葉抱憾，隨江河浮沉
而那一根根的肋骨，隱喻
你心中的海燕

我的胸膛是飽滿的楚辭
垂放在五月魚群
輕輕地咬一下
南蠻之地就粉碎成離騷

風將離去

連同我的肋骨一起帶走
漁父說著天問的故事
翻開九章都是淚

詩語，花的青春

花苞撐開，花碟挺立
青萼拖住妳纖纖玉身
我用雙眼寫下青春

紅色驚豔
白色靜美
黃色的蜜蜂最愛
滴落的口水，螞蟻爭相嚐鮮

我們在球體上運轉
你我都是年輕的杏花

千歲的樹，還會
妖嬈向星星眨眼
宇宙的光就綻放在每株的花上

花苞撐開
花碟挺立
詩的雙眼好青春

旅夢

夢將路伸長
海岸線搜集眼睛
裝載風的味道
鷗鳥象徵理想的翅膀
越過青空的臉

有時一場雨會把古老的街頭
與新時代的裝置藝術攪和
烹煮出一鍋饒富鮮趣的湯底
麻雀在屋簷看著
看著自己沒有修飾的腳印

轉過微彎的山坡
我想在這裡種植一棵茶樹
高興時開出幾首詩
悲傷時也開出幾首詩
每片茶葉有濃濃的漂流味

沉下又浮上
慢慢舒展的徐霞客
再次潛入
潛泳於更多元的詩觀
鐫刻血液

夜林小月曲

樹的腹部頂著兩盞綠燈的傘
像呼吸的肺開放在星空
蛙鳴驚嘆它的奇異
草叢仰望傘的多情
我們摸著黑
感受彼此的心跳

闊葉林有占卜過的痕跡
圓圓的足印踏滿貓頭鷹的眼
喀擦一聲的閃光
落在蟬鳴的夏

夜敲著光
用一連串的音符挑逗耳膜
豐年祭般的節奏
是霧的華爾滋

交錯

拿椅子來墊高彩虹
伸手觸摸到的是妳的小蠻腰
我輕聲喚來幾朵雲
它們痴痴的笑成一團

我將眼睛墊高
高過妳的額頭也高過
妳遐想的白馬
冬月的風，快速奔騰
越過妳的睫毛

我坐在搖椅上晃蕩
彩虹早早回家
妳的白馬在那年就隨冬風遠颺
而妳的睫毛沾著幾片雪光
我知道椅子也累了

葬花

妳把告白置放書中
火車呼呼穿越
我在沒有妳的影子地方下車
情就被夾層封鎖一片哀愁
我們沒有同學會

日子如中藥清苦活絡
倒掉的渣已忘記攏起煙雲的象徵
如果沒人提及
那段青澀的檸檬味早已蒸發
況且火車的聲音

在這鄉下的是聞不到的
有天我整理書櫃
你的影子忽然掉落
我俯拾妳的裙襬
是一張寫滿少女的告白

窗戶外蝴蝶紛飛
我把少女葬在花下
像一本紅樓夢
屬於老男人的悸動與感懷

游鍫良

游鍫良，1960年生於台中大雅，大學畢業。寫詩是快樂的，填滿時間的空白。「用有限的文字，書寫無限的可能」是我立在肩膀，給自己動力的話。詩作散見台灣各大詩社以及中國、香港、美國等地。著有《光的折射》詩集。

生死無常

我靠近澡盆，就會浮印某些記憶，掏一瓢，冷縮的畫面逐漸滾燙。那是一條溪，清澈神爽的胸膛，與魚爭先恐後，蝦子老學不會前進，只蹬一下又後退。泥沙是最美的沐浴乳，沒有泡泡。

七條人影六條回，大家沒敢說。酷熱的暑假，牛背上趴著七孔流血的同學，旌幡搖動，嗩吶聲聲催，你的影子靠得那麼近，就在澡盆裡。

抬頭看著鏡子，我的白髮亦如旌幡飄搖，你是否認得我的初老。澡間是回憶的好地方，沒人干擾；再掏一瓢，那隻牛呢？風蕭蕭，遠遠的聽見嗩吶的嗚咽，你還是青澀的臉龐。

獻給所有努力走過光的人們，刻畫出燦亮影子如詩

詩人選粹 1

翻開影子

游鍪良散文詩集

作　　者：游鍪良
美術設計：許世賢
出 版 者：新世紀美學出版社
地　　址：台北市民族西路 76 巷 12 弄 10 號 1 樓
網　　站：www.dido-art.com
電　　話：02-28058657
郵政劃撥：50254486
戶　　名：天將神兵創意廣告有限公司
發行出品：天將神兵創意廣告有限公司
電　　話：02-28058657
地　　址：新北市淡水區沙崙路 25 巷 16 號 11 樓
網　　站：www.vitomagic.com
總 經 銷：旭昇圖書有限公司
電　　話：02-22451480
地　　址：新北市中和區中山路二段 352 號 2 樓
網　　站：www.ubooks.tw
初版日期：二〇一六年十二月
定　　價：四二〇元

國家圖書館出版品預行編目（CIP）資料

翻開影子 ： 游鍪良散文詩集 ／ 游鍪良著． -- 初版．--
臺北市 ： 新世紀美學， 2016.11　面 ； 公分． --
（詩人選粹 ； 1）ISBN 978-986-93635-4-9（精裝）

851.486　　105016900

新世紀美學

旭昇悅讀網 www.ubooks.tw

開悟的貓 www.dido-art.com